VERLAG ANTJE
KUNSTMANN

Nie im Leben!

Dirk Schmidt & Barbara Schmidt

Kunstmann

In einem Schloss, sehr groß und prächtig,
regiert ein König, stark und mächtig.
Doch wichtiger als Macht und Geld
ist ihm die Tochter auf der Welt.
Seit die Prinzessin wurd geboren,
hat er sein Herz an sie verloren.
Der König liebt sie gar so sehr
und will sie nie mehr geben her.

Sie feiert eine Party heute.
Im Festsaal sind schon viele Leute,
da kommt zu Pferd in großer Hast,
weil ziemlich spät, ein neuer Gast.

Ein junger Graf betritt den Saal,
sucht die Prinzessin erst einmal,
geht hin zu ihr, macht sich bekannt,
verbeugt sich tief, küsst ihr die Hand.
Er schaut sie an, sie schaut zurück,
schon strahlen sie vor lauter Glück.
Er führt sie auf das Tanzparkett
zu Walzer, Twist und Menuett,
und jeder aus der Gäste Schar
ruft: „Seht, was für ein schönes Paar!“

Dem König will das gar nicht taugen.
Er lässt die zwei nicht aus den Augen,
und bis zum Abend wird er schließlich
ganz furchtbar mürrisch und verdrießlich.
Er lümmelt sich auf seinem Throne
und hat bald einen in der Krone.

Die ganze Nacht bis in den Morgen
macht sich der König große Sorgen,
und auch der Graf hat nachgedacht
und kaum ein Auge zugemacht.
Er sattelt schon sehr früh sein Ross,
erreicht zum zweiten Mal das Schloss.

Müd sitzt der König auf dem Thron,
da erscheint der Graf auch schon
mit einem Globus unterm Arm.
Des Königs Herz schlägt laut Alarm,
derweil die Tochter spioniert,
was wohl im Thronsaal nun passiert.
„Ein Wunsch, mein König, führt mich her.
Ich liebe Eure Tochter sehr.
Ich bitt Euch, gebt sie mir zur Frau.
Sie liebt mich auch, ich fühl's genau.
Ich lege ihr die Welt zu Füßen
und lasse sie ganz herzlich grüßen."
Darauf verbeugt der Graf sich knapp
und stellt den schweren Globus ab.

Der König hat sich schon gedacht,
dass dieser Mann ihm Ärger macht.
„Herr Graf, ich find es unerhört,
dass Ihr mich beim Regieren stört.
Die Audienz ist hiermit aus.
Die Wachen bringen Euch hinaus.
Und merkt Euch eins: Niemals im Leben
werd ich Euch meine Tochter geben."

Die Königstochter lauscht beklommen.
Sie hätt den Grafen gern genommen,
jedoch sie weiß: In einem Schloss,
da ist nun mal der König Boss.

Der Graf versucht, noch was zu sagen,
da wird er schon hinausgetragen,
sitzt draußen vor des Schlosses Tor
und kommt sich ziemlich dämlich vor,
denn eines ist ihm sonnenklar:
dass er nicht sehr erfolgreich war.

So leicht gibt er jedoch nicht auf.
Er schwingt sich auf sein Pferd hinauf
und fasst schon bald ’nen neuen Plan,
wie er sein Ziel erreichen kann.
Um die Prinzessin zu erringen,
wird er dem König etwas bringen,
ihm etwas ganz Besondres schenken,
dann wird er sicher anders denken.
Mit ’nem Geschenk und hoch zu Ross
zieht er das dritte Mal zum Schloss.

Beim Essen sitzt der König grad,
es gibt Geflügel und Salat,
da kommt der Graf ins Speisezimmer
und macht dann alles nur noch schlimmer.

Quer über seiner Schulter hängt
ein riesengroßes Instrument.
Er hat's dem König mitgebracht,
weil Tischmusik ja Freude macht.
Er spitzt die Lippen, bläst 'nen Ton,
die Tuba dröhnt mit hundert Phon,
und unser König kriegt voll Grausen
ganz fürchterliches Ohrensausen.
„Was für ein Krach! Ich halt's nicht aus!
Die Hunde bringen Euch hinaus!
Und denkt daran: Niemals im Leben
werd ich Euch meine Tochter geben."

Die Königstochter hat verstört
den Lärm im Speisesaal gehört,
und nun sieht sie mit Entsetzen,
wie Hunde ihren Grafen hetzen.

Der Graf rennt los, so schnell er kann,
die Hunde kommen dicht heran,
sie packen ihn an seiner Hose,
die am Hintern hängt sehr lose,
und es bleibt der Stoff in Mengen
an den scharfen Zähnen hängen.

Mit blankem Po, sonst unversehrt,
entkommt der Graf auf seinem Pferd.
Noch auf dem Weg zurück nach Haus
denkt er sich etwas Neues aus,
denn offensichtlich hält der König
von Tischmusik besonders wenig.
Was Sportliches muss darum her,
das freut den König sicher mehr.
Und auf 'nem edlen Ross aus Stahl
geht's hin zum Schloss ein viertes Mal.

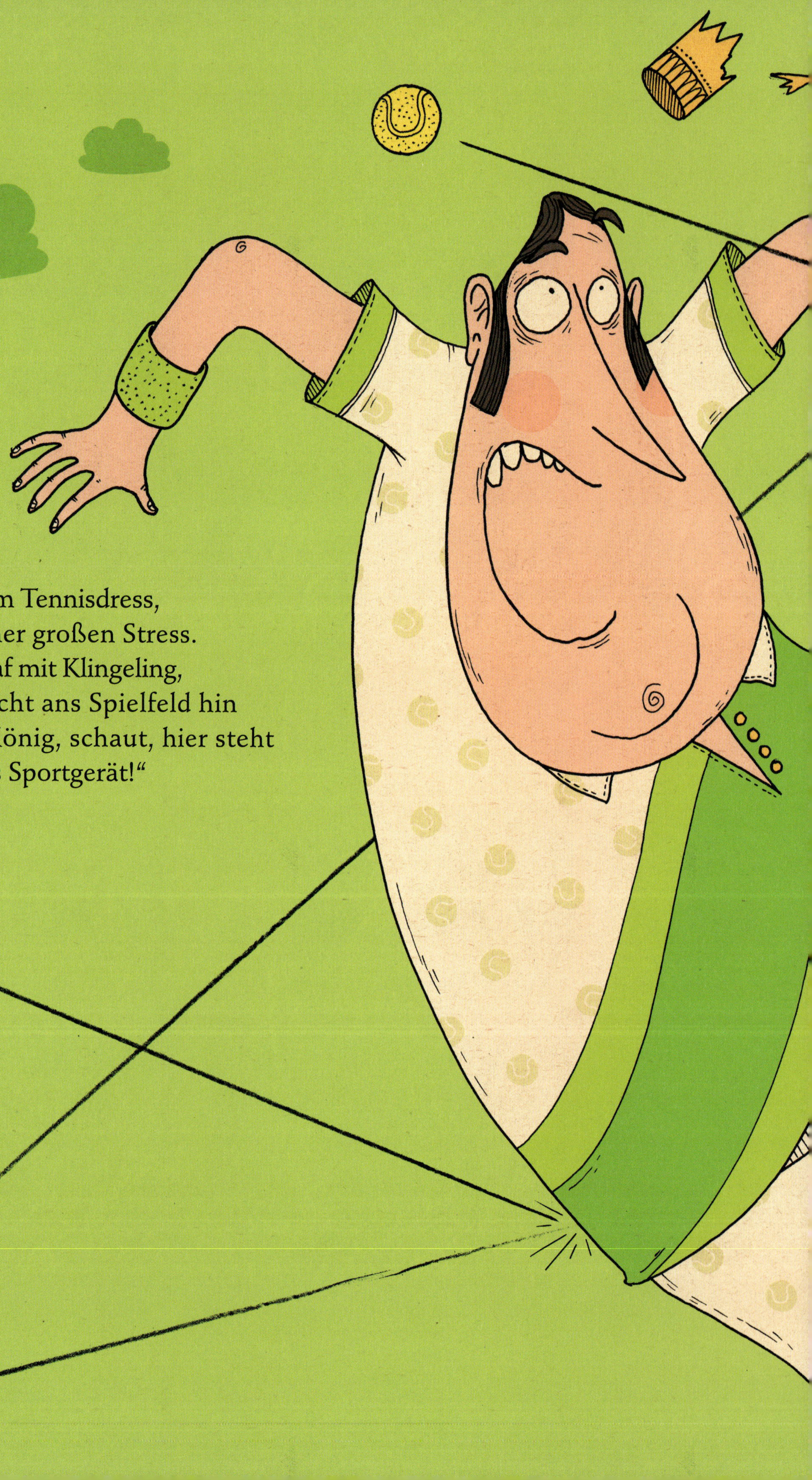

Der König, fesch im Tennisdress,
hat mit dem Gegner großen Stress.
Da kommt der Graf mit Klingeling,
stellt's Fahrrad dicht ans Spielfeld hin
und ruft: „Mein König, schaut, hier steht
für Euch ein neues Sportgerät!"

Grad kommt in einem scharfen Bogen
der Ball vom Gegner angeflogen,
prallt schräg vom Fahrradlenker ab,
verfehlt des Königs Kopf nur knapp,
doch weil der spielt nie oben ohne,
bricht ihm ein Zacken aus der Krone.

Vor Wut sieht man den König beben.
„Jetzt, Gräflein, könnt Ihr was erleben!“
Drauf schmettert er, mal kreuz, mal quer,
dem Grafen Bälle hinterher
und ruft: „Verschwindet, aber schnelle!
Ich hab noch jede Menge Bälle!
Und merkt Euch endlich: Nie im Leben
werd ich Euch meine Tochter geben!“

Der Graf läuft zickzack wie ein Hase,
stolpert, fällt auf seine Nase,
rappelt sich schnell wieder auf
und rennt nach Haus im Dauerlauf.

Die Tochter hat von fern gesehn,
was mit dem Grafen ist geschehn
und ist darüber sehr verstimmt,
wie schlecht der König sich benimmt.

Der Graf, zurück in seinem Haus,
ruht sich vom Laufen erst mal aus.
Doch kaum sitzt er im Sessel drin,
kommt ihm was Neues in den Sinn.
Und mit 'ner Flasche im Gepäck
stürmt er ganz eilig wieder weg,
erreicht auf seinem schnellen Ross
zum fünften Mal das Königsschloss.

Wo kann der König denn bloß stecken?
Er kann ihn nirgendwo entdecken,
doch dann hört er ein leises Stöhnen
durch eine Zimmertür ertönen,
und vorsichtig schaut er hinein.
Dort sitzt der König ganz allein,
um ungestört von seinen Wachen
ein größeres Geschäft zu machen.
Schon wabert durch die Zimmerluft
ein wenig angenehmer Duft.

Die Königstochter ist sehr froh,
denn sie steht draußen, vor dem Klo!

Der Graf tritt ein, tut furchtbar wichtig.
„Da komme ich ja grade richtig!
Bei dem Gestank hilft, jede Wette,
am besten ein Eau de Toilette.“

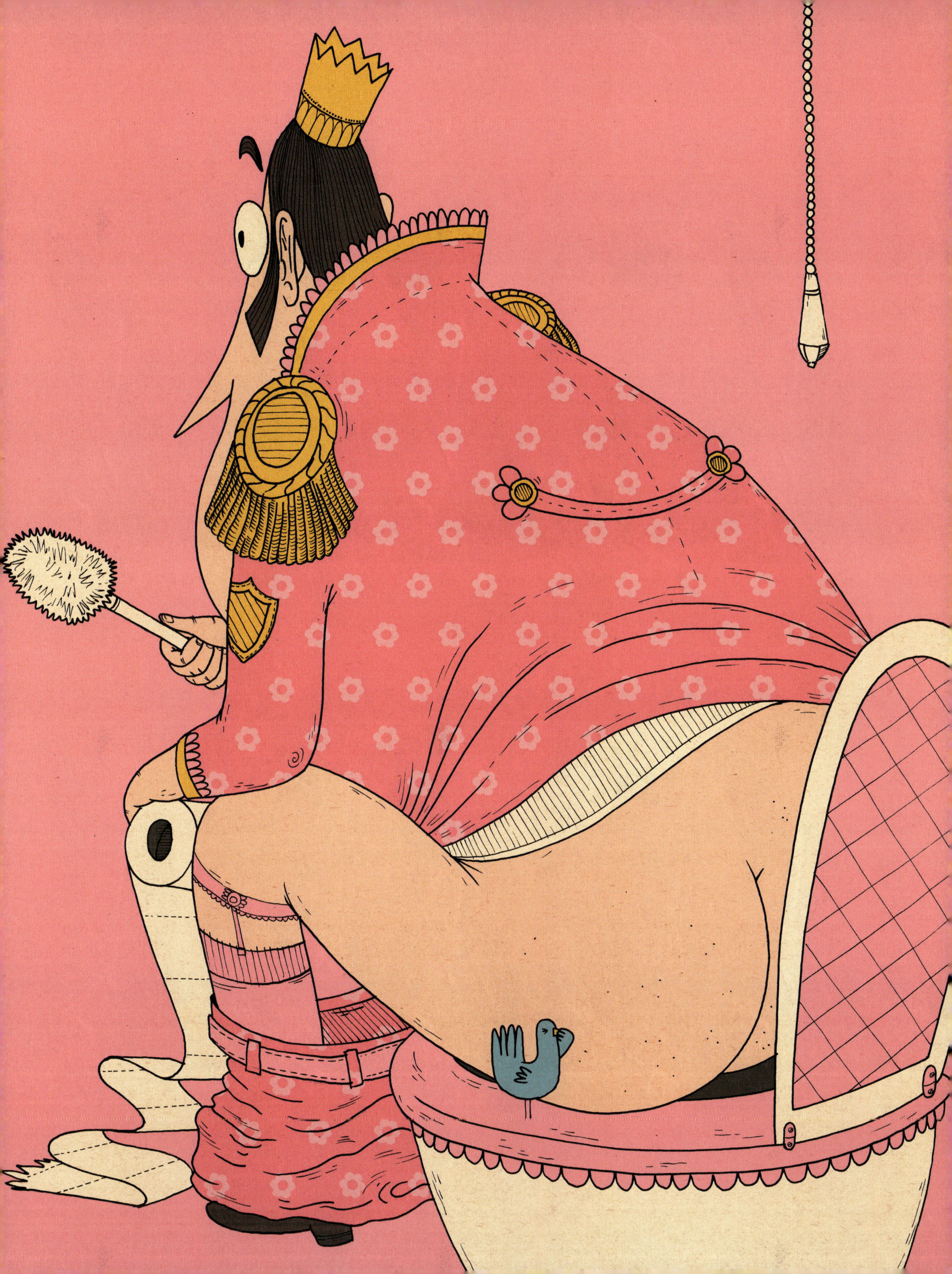

Er zieht hervor aus seiner Tasche
'ne wunderschöne grüne Flasche,
versprüht daraus 'nen süßen Duft.
Der arme König schnappt nach Luft,
und er muss niesen wie noch nie.
Der König hat 'ne Allergie!
Mit roter Nase, schiefer Krone
hockt er schimpfend auf dem Throne.
„Euch soll ich meine Tochter geben?
Hatschi, hatschi! Niemals im Leben!
Wachen, kommt, hatschi, heran!
In den Graben mit dem Mann!"

Zum Fenster werfen sie ihn raus.
Die Tochter denkt: Nun ist es aus!
Sie hört noch, wie es spritzt und platscht,
als ihr Herr Graf aufs Wasser klatscht.

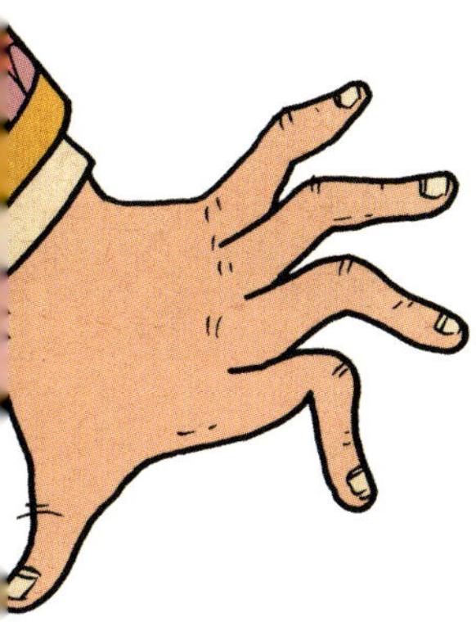

Zum Glück ist er ein guter Schwimmer,
sonst hätt es kommen können schlimmer.
Patschnass und um die Nase blasser
entsteigt der Graf dem kalten Wasser,
am ganzen Körper zitternd, bebend,
doch glücklich, weil noch immer lebend.

Am Heimweg geht's ihm gar nicht gut,
und er verliert beinah den Mut,
doch irgendwie muss es gelingen,
die Königstochter zu erringen.
Er liebt sie sehr, sie ist ihm teuer.
Da hilft nur noch das Ungeheuer!
Und auf 'nem Drachen statt 'nem Ross
kommt er das sechste Mal zum Schloss.

Es ist schon spät, bald wird es Nacht,
des Königs Bett ist schon gemacht,
und er hebt grad sein linkes Bein,
steigt halb schon in das Bett hinein,
da kommt der Graf mit seinem Drachen,
um's für den König warm zu machen.
Ganz zart nur haucht das Ungeheuer,
da fängt das Kissen auch schon Feuer.

Die Königstochter im Versteck
bekommt ’nen riesengroßen Schreck.
„So ’n Mist!“, hört sie den Grafen fluchen.
Zum Löschen muss er schnell was suchen,
zieht in der Not den Nachttopf raus
und leert ihn auf den Flammen aus.

Da packt der König voller Zorn
den Graf von hinten und von vorn
und schleift ihn fort, denn er ist stärker.
Er wirft ihn in des Schlosses Kerker
und brüllt zum Abschied: „Nie im Leben
werd ich Euch meine Tochter geben!“
Weit hall’n des Königs Worte fort
an diesem schaurig düstren Ort.

Nun reicht es der Prinzessin endlich!
Des Königs Tun ist wirklich schändlich.
Die ganze Nacht bis in den Morgen
macht sie sich um den Grafen Sorgen
und grübelt hin und grübelt her,
wie ihm denn wohl zu helfen wär.

Dann packt sie ihre Siebensachen,
belädt damit den Feuerdrachen,
steigt endlich selbst ganz oben drauf
und bricht zum finstren Kerker auf.

Dort hockt der Graf in großer Not
bei Wasser und 'nem Stückchen Brot,
anstatt bei Gänsebrust und Wein.
Er fühlt sich hilflos und allein,
klirrt nur ganz leis mit seinen Ketten
und stöhnt: „Jetzt kann mich nichts mehr retten!"

Da bricht die Mauer mit Gekrache,
und in den Kerker stürmt der Drache
mit Königstochter und Gepäck.
„Herr Graf, macht schnell! Wir müssen weg!“
Das Untier schweißt die Ketten auf,
und schon geht’s los in schnellem Lauf.

Steil trägt der Drache sie empor,
streift nur ganz leicht des Schlosses Tor,
und als die Wache kommt gerannt,
sind sie schon glücklich durchgebrannt.
Man sieht sie durch die Lüfte stieben
bis in den Himmel, Wolke sieben.

Nun hat der König seinen Lohn!
Verlassen sitzt er auf dem Thron
und stützt den Kopf in seine Hände.
Für ihn ist es kein schönes

Ende.

Die Autorin:
Barbara Schmidt, geb. 1952,
hat Pädagogik studiert, arbeitete lange Zeit
als Erzieherin und unterrichtet Deutsch.
Sie ist verheiratet, hat zwei Söhne
und lebt in München.

Der Illustrator:
Dirk Schmidt, geb.1980,
hat in Augsburg Kommunikationsdesign
studiert und arbeitet als freier
Illustrator u.a. für das SZ-Magazin.
Er lebt in München.
www.wasmachtdirk.de

Im Verlag Antje Kunstmann erschien
von ihnen zuletzt »Kamfu mir helfen?«

Lithografie: Reproline Genceller, München
Druck und Bindung: Freiburger Grafische Betriebe
ISBN 978-88897-758-9